KB206774

권 지 영 시집

사랑이

아니었다 해도

파란하늘

공감시선 19

사랑이 아니었다 해도

ⓒ 권지영, 2025

지은이_ 권지영

발 행 인_ 이도훈
펴 낸 곳_ 파란하늘
초판발행_ 2025년 5월 28일

사무실_ 서울시 서초구 법원로3길 19, 2층 W109호
　　　　(서초동, 양지원빌딩)
전　화_ 02) 595-4621
팩　스_ 0504-227-4621
이메일_ flyhun9@naver.com
홈페이지_ www.dohun.kr

ISBN_ 979 -11-94737-30-8 03810
정가_ 13,000원

시인의 말

공간과 장소
사람과 마음

흘러가고 머무는
여기
사라지는 숨결에도
온전하기를

차례

2부

3부

4부

1부

파문

백조의 날개가
하늘을 덮은 후

하얗고 하얀
솜털이

잡으면 스르르
사라져버리고 마는 솜털이
바람 없이
달려든다.

소리 없이
뒤덮는다.

슬픔의 이해

내가 창을 내다보는 줄 모르고
마당으로 내려앉는 새

고개를 갸우뚱거리며 햇빛 속에서
명랑하게 우는 작은 새

귓가로 떨어진 울음 조각
소매 끝에 묻히려 꽁무니를 쫓다가

내 속울음 한달음에
이끌리고 마는

담장 너머
가느다란 울음

유월

개구리 한 마리

논으로 내려와

키 작은 모 하나를 꽉 붙잡았다.

띄엄띄엄 졸고 있던 모들이

일제히 출렁거렸다.

오직 시인詩人

낭지교를 건널 때 다가선 말

-'인人'을 붙이는 건 시인밖에 없네.
오직 시인만이 '인'을 써.
사람 '인'을.

꽃을 보고 하루 종일
얘기를 나눈다는 시인들을
소설가들은 이해할 수 없대요.

아름다움에 감탄하고
슬픔을 노래하는 시인들,

보다 사람답게 시인하고
보다 사람인
시인,

오지에서도

끝없이 언어를 채굴하는

오직 시인

누군가의 일을 자신의 일로 여겨주는

동반자라서

당신의 말들이 시집 속으로

뚜벅뚜벅 걸어가고 있습니다.

범법자

신호등에 맞춰 길을 건너다가
무단횡단을 하기도 하고
빨간불에 건너기도 한다.

세금을 꼬박꼬박 잘 내고
의료보험료도 잘 내다가
세상에 무심해지기도 한다.

우리는 모두
적당히 법을 지키고
모르는 사이 법을 어긴다.

가끔 미친 짓을 하거나
너를 잊듯이
나를 잊어버린다.

사는 일이

죄 하나를 더하는 일인지

오늘도 이파리 하나 파르르 떨고 있다.

빈 전화

마주치지 않는 그 목소리와
말 없는 통화를 한다.

귀가 잘 안 들려
말을 해도
말하지 않아도

다 알아듣기도 하고
못 알아듣기도 하는

오가는 말이 없는 통화

'아버지'라 찍힌 전화를 받고
불러도 대답 없는 목소리를 기다리며
한동안 귀를 가만 모은다.
전화가 걸린 줄 모르는 300킬로 먼 저쪽

한 마디 다정하게 나눈 기억 없는

경상도 아버지의 말없음을 경청하는 동안

부스럭거리다 탁해지는 소리

풀밭에 벌레들 울음소리

대신 안부를 전한다.

겨울의 점자

어둠이
하룻밤 새
고드름을 매달아 놓았다.

며칠째
처마 밑으로
찬바람만 드나들다가

볕이 길어진 날
고드름 밑자락마다
사시랑이가 된 연필로 또박또박 쓴
까맣고 투명한 글씨가 새겨졌다.

불현듯 찾아왔다가
흔적마저 서서히 지우고 가는 물의 말을
더듬더듬 읽는
늦은 겨울 오후

그리움의 잔상들이

뚝 뚝 말을 걸어온다.

고요한 배달

스포이트 고무 손잡이를 꼭 누른 만큼
빗방울이 딱 그만큼 닿았을 뿐인데

얼굴 작은 라일락에 눈이 생기고
뾰족한 은목서가 귀를 모은다.

빗방울이 잠자던 마당의 돌들을 깨우자
어린 감나무 잎새가 꿈틀
덤불 사이 무스카리 불쑥 기지개를 켠다.

대문에 걸린 우편함조차 들썩이지 않고
별 인기척 없이 똑, 똑

걸어 잠근 문 사이로
파랗고 싱싱한 고요가 배달되었다.

사월의 편지가 닿은 곳마다

그늘에서 자라던 근심 한 줄기

연두에게 자리를 내어준다.

오징어 게임

민심이 떠나는 광장에
색색의 인종들 몰려든다.

심해를 옮겨놓은 듯
웅성거리는 도로마다
살기를 두른 고성 흩어진다.

들을 수 없는 귀를 가진 오징어가 행진을 중단한 채
까만 수류탄을 터뜨리고 숨었다.

우리를 구해줄 슈퍼맨은 소머즈를 따라
머나먼 우주로 날아간 지 너무도 오래

거꾸로 퍼지는 먹물입자들이
일시에 이명을 부른다.

이 세상은

아직 게임 중

끝나지 않을 접속 상태다.

사랑의 이해

사랑은

꽃잎처럼 흩날리겠지.

행복하면서 좌절하겠지.

많이 아프고 절망하겠지.

눈물이 하염없이 흘러도

너만 생각하겠지.

매일 밤 어김없이

그리워하다 잠이 들겠지.

미워하고 투정부리고

그럼에도 사랑하겠지.

망설이지 않고 말하겠지.

사랑한다고 사랑한다고.

먼 훗날까지 우리 함께

그렇게 늙도록

사랑하겠지.

미워하고 돌아서더라도

그럴 일 없다고 또는 어쩔 수 없다고

이해하고 또 이해하겠지.

너의 슬픔도

나의 이해도

모두 흘러가겠지.

썰물처럼 밀도를 무너뜨리며 쌓아가겠지.

'길 없음' 표지판

막다른 길이다.
우리가 살아가는 공간에서
마주하는 또 다른 공간을 직면한다.

길이 없다는 말에
길을 잃었다.

더 이상 길이 없으니
돌아가시오.

짧은 경고

지구에 난 무수한 길에서 만나는
'길 없 음'

가면 안 된다는 말
가도 소용없다는 말

공허한 벽 앞에서 방향을 잃는다.

자욱한 스모그가 삼킨 백미리*의 끝에서
다시 지구의 중심을 더듬는다.

* 백미리: 경기도 화성의 어촌마을

디지털 노마드

드넓은 도로에는 먼 이정표가 가까운 세대를 가리킨다.
　어김없이 깜빡이는 신호등과 경적소리 가득한 한낮
의 세계에 소년이 홀로 서 있다.
　사방에선 경적소리와 빠르게 외면하는 사람들

　불빛이 끌고가는 아스팔트에서조차
　소년은 말 위에 올라탄 유목민이 되어
　잃어버린 초원 사이를 허우적거린다.
　뜨거운 햇볕이 내리쬐는 오후 한복판으로

　도시가 걸어간다. 집을 허물고
　시멘트 가루 묻은 홑청을 서류 가방에 넣어
　마이너스 숫자가 늘어가는 통장을 가슴 주머니에 숨
긴 채.

　흘깃거리는 간판의 모서리를 따라
　포스트잇 같은 발자국이 도로를 채운다.

다 자란 소년의 손에 매달린 달랑거리는 하루치의
눈물이 동전처럼 굴러간다.

　　채널고정 구독자를 이끌고

　　드넓은 콘텐츠의 세계로

　　노마드션*,

　　여행기를 남긴다.

* 노마드션: 여행 유투버 이름 중 하나.

뻐꾹새

어디선가 운다.
먼바다의 뱃고동 소리처럼
깊은 기적汽笛 울린다.

뻐꾸기 울음소리에
마음은
아득한 곳으로 떠나는데

뻐꾸기가 울면
가을이 온다던 그녀

울음이라는 말 속에
우물이 담긴 것 같아
슬픔이 울리고 울린다.

속눈썹 아래
꾹 눌러진 계절이 성큼 일어선다.

하루살이의 저녁

하루만 산다는

숙명적인 삶

몇 달 혹은 몇 년

애벌레 시절을 사는 동안 삶은

이미 채워진다. 반짝, 찬연하게

거룩한 사랑을 위한 딱 하루

최고의 열심을 다하는 하루살이에게

천변을 걷는 나는 방해꾼일 뿐

다시 올 내일은 없어.

내게 남은 오늘은 애태우던 사랑이 꽃피는 날

윙윙거리던 수많은 삶이

손에 잡힐 듯 눈앞에서 사라져간다.

듬성듬성 썬 돼지고기에 김치를 반 포기 통째 넣어

보글보글 끓이는 저녁, 퇴근길

내일을 향해

어둠뿐이라도
건너갑니다.

지나고 나면
빛이 기다립니다.

긴 터널 지나
세상으로

이제 다시
시작입니다.

깜빡이는 등을 따라
어제가 가고

풀숲을 통과한
오늘의 들소들 달려갑니다.

광활한 들판이

바다처럼 펼쳐질 내일.

내게 아직

일어설 작은 힘 있어

움츠렸던 가슴 열고

걸을 수 있는 두 발로

하루 또 하루

새로이 나아갑니다.

평화마루

봄에 마당 안쪽에 들마루를 놓았다.
여름이면 나물 뜯어 고추장에 들기름 넣어 먹고
커피 마시며 풀벌레들의 노래를 들었다.

가을엔 방 앞에 툇마루를 달았다.
방에서 꽃밭을 보다가 툇마루로 나가 앉아
나비와 벌의 구체적인 일을 관람하며 소요했다.

사계절을 바로 눈앞에서
온전히 사모할 수 있으니
나는 부자여라.

마당 딸린 서가 한 칸에서
책 읽고 풀 뽑고 물을 주며
들마루와 툇마루는 내 지분이 되었다.

새의 날개는 하늘마루를 향하지만

땅바닥에 그어지는 지평선의 평행을 본다.

흔들리지 않으니 출렁이지 않고
바라보는 것만으로도 충분하다.

내가 앉고 발 디딜 수 있는
단단하고 정직한 사랑을 본다.

가을의 말

구름 한 점 없는 날
하염없이 햇빛이 흘러내린다.

빛바랜 연두가 노랗게 물든 거리에
갈 곳 없는 영혼들이 모두 나와
볕을 쬐는데

숨결이 바람처럼 스친다.

이름 모를 그리움을
이따금
물고 가는 새.

2부

달맞이고개

몽마르뜨 언덕으로
달을 맞으러 가야지.

송정에서 바다를 끼고
철길을 지나 숲으로

태엽 돌리듯 캡슐열차 지나고
관광객들 섬처럼 떠다니는 길

싱그러운 바람을 품고
다정한 햇빛을 먹으며

너를 기다리기 위하여
달이 뜨기 전에 가야지.

소롯길의 당신

빛이 새어오는 동굴 밖 통로를 찾듯
더듬어 가는 길

작은 새들이 숨어있는 나무들 사이
가지에 앉았다 가는 긴다리푸른나방
습기 머금은 깊숙한 흙냄새 나무냄새 숲의 숨
살갗을 스친다.

구불구불 좁은 길 끝난 곳에
당신이 서 있을 것 같은

내 안을 가득 메운
그리움을 마주하는 길

신발에 묻은 먼지를 털면
마른 풀숲 헤치고 선 섬노루귀 반긴다.
홀로 다다른 소로의 끝에서야

새로운 길이 시작된다.

매일 조금씩 눈물을 꺼내다

퇴근하고 돌아오는 길
주차를 하고
모든 것을 멈춘다.

이대로
이렇게
살아가도
괜찮은 걸까.

눈물이 차오르고
조금 울고
세상의 빛이 돌아가는 시간

네가 나일 수 없기에
내가 나일 수 없기에

빛들은 모두 돌아간다.

눈물 안으로 말끔히

율리서가

– 여기 와서 글 써.
네가 온다면 언제든 환영이야.

문수산 아래 영해마을
부지런한 농부들이
아침부터 허리 숙인 가운데

하얗게 피어난 감자꽃들
별처럼 맺히고
길가에 돌나물꽃
노란 불꽃을 터뜨린다.

산자락에서 내려오는 끝없는 물줄기
미나리밭에 이르고
밤낮으로 키운 물소리
너럭바위 따라 사시사철 계곡을 이룬다.

밤나무 자귀나무 대나무 뜰보리수 복숭아나무 후박
나무 아까시나무

계절마다 듬성듬성 내려앉던 초록이

마당 가득 시를 쓰는 곳

모든 울음이 비로소 평화에 든다.

말의 말

말들은 날뛴다.
나는 말의 등에 올라타 세상 너머를 본다.
말은 어디서 태어나 나에게 한순간 다가선 건지
때론 말에 정신을 잃고 만다.

아찔한 말의 매력에 휩싸이면
그 말이 좋아서 한참을 여행한다.
말은 말을 데려온다.
나의 말이 너에게 닿을 수 있으려면
나는 얼마나 많은 말을 덜 하고 더 해야 하나.

말은 말을 낳는다.
태어난 말들은 붉은 강물 위를 달린다. 네모난 빌딩
을 덮어버린 강물 위로 붉은 그림자가 흐른다. 강에서
태어난 말들은 하구로 내달린다. 잘려진 어미를 물고 끊
임없이 흐르는 피의 젖줄을 따라 메모하듯 깜빡임을 잊
지 않는다.

말은 나를 데리고 산을 넘어간다.

해가 지는 곳으로 나를 넘기고 지긋한 발자국을 여명 속에 내려놓는다.

모색暮色

그 말이 좋아서
며칠 턱을 괴고 들여다봅니다.

산등성이 너머 어슴푸레 사위어가는 빛을 따라
고개 든 책장에서 몇 장 후드득
빗방울이 떨어지고

저물도록 오지 않던 사람을
기다리던 저녁
꺼내지 않은 부사처럼 내 마음 둘 데 없던 긴 침묵

읊조린 시간만큼 기울던 마음이
슬프지 않았던 단 하나의 이유

하루의 보상이 한 평생 달려온 것만 같아서

푸른 저녁이 몰려와

한바탕 고요가 방 안 가득 자리합니다.

운동장

주말아침 모이던
조기축구회

마지막 축구공이
운동장을 벗어났다.

둥근 해가
다 지도록

공을 차올리던
모래알들

운동장을 메우던
함성을 움켜쥔다.

모기와 나

꽉 막힌 줄 알았던 두 평짜리 방에서
바닥에 닿은 문틈이 통로가 되었다.

긴 바지와 긴 소매 셔츠에도
나를 겨냥하던 모기는 작은 떨림으로 흥분했다.

서로를 적대시하는 밤을 지나 아침이 찾아왔다.

봄에 깨알 개미들의 방문이 이어지더니
잠을 몰아내고 몰입하게 하는
현란한 손님들
시인의 방이 궁금했을까

산다는 건 참
애쓰는 일이다.

탱자나무에 탱자꽃

바람에 실려 온 향기에 이끌려
꽃만 바라보다가
세월을 다 보낼 것 같은 봄날

신진여인숙 24호실 유리창엔
뱃고동 소리에 키를 세운 나무들이 보초를 선다.

적막을 뚫고 낮게 자라난 줄기에
팔랑개비로 앉은 꽃잎들

말랑말랑 아기 손 같은
뾰족뾰족 연한 가시들

말하지 않음으로써 보여주는
아찔한 떨림에 눈이 부시다.

너와 나는

잎사귀를 틔우기 위해

한 자리에서 아름다운 행진 중인

시절인연

탱자나무 아래

봄바람처럼 탱자 탱자 놀다 가는

조약돌 하나,

탱자 닮은 시 하나를 써내려간다.

기차에서 쓰는 노래

세상은
신비로운 유리창

작은 씨앗 하나가
아무렇지도 않게
잎사귀를 키우고

키 큰 열매를 맺어
세상을 채우네.

보란 듯이
뻗어가는 물줄기처럼

끝없이 펼쳐지는 산과 들,
강과 바다
어디로든 데려가는 길

바람은
세상의 숨통

수많은 시간을
우리는 스치듯 살아가네.

흐드러지게 피어난
계절을 잊은 꽃

모든 게 한순간 지나가건만 이별의 말은
그 자리에 남아 오래도록 시름하게 한다.

기차는 나를
끝없는 곳으로 데려가줄 것만 같아서

어디선가 내가 내려야 할 곳이 있다면
그건 당신이 기다리는 곳.

허공과 공허

집 앞에 선 나무에서
꽃들이 우르르 쏟아져 내렸다.

마당에 차례로 핀
수선화, 튤립, 히아신스도
차례로 떠나기 시작했다.

주인 떠난 줄기마다
침묵이 쉬 자랐다.

나무줄기에 오른
고요와
꽃자리에 앉은
또 다른 고요가 그 자리를
일렬로 허공에 맡긴다.

집 안까지

공허가 번졌다.

스카치캔디

회장님은 장거리 운전을 할 때
스카치캔디를 입안에서 굴린다.

커피맛이 나는 육각형에
버터맛이 나는 둥근 사탕
알록달록 금박을 벗겨 혀로 굴리면
시름도 같이 돌돌돌 사탕 속으로 든다고.

어느 날 갑작스런 편마비가 오자
서둘러 병원에 가 보름 넘게 입원을 했다.

술만 좀 줄이면 되겠다고 누군가 말하자
스카치캔디를 사달라고 했다.

돌돌 퍼지는
목숨 같은 맛은
살아있어 달달한 기쁨이란 걸.

인생의 단맛은 이제 시작이라는

장거리 선수 우리 회장님

몸이 다 낫고서야

술만 불쌍하게 됐다며 입술을 오므린다.

여름과 제비

1.

지붕 아래 제비집이 생겼다.

집 한 채에 아기 제비 네 마리 빼곡히 들어찼다.

바깥을 보며 앉은 세 마리와 거꾸로 앉아 꽁무니만 보여주는 하나.

조그만 얼굴들끼리 비좁다고 아우성치며

한시도 부리를 가만있지 않는다.

2.

어디선가 날아온 어미가 아기의 부리에 먹을 걸 전해주며 날아간다.

바람처럼 빠르게 날아와 한 입에 하나씩, 아우성치는 아가들.

여름의 무더운 하늘을 가로질러 다시 또 날아간다.

한 생을 먹이기 위해 되돌아온다.

사랑은 부지런한 어미 제비처럼

먹이는 것, 돌보는 것, 자꾸자꾸 들여다보는 것.

소용돌이치는 삶 속에서

아기 제비들의 아우성에 애벌레 하나 물려주는 것.

터널

기차가 빠져나가자
어둠이 그 자리에
들어가 앉는다.

다음 기차가 올 때까지
기록하지 못한 눈물을
가지런히 늘어놓는다.

웅웅거리던 작은 슬픔아.
깊이깊이 울어라.

반천 백로

잔물결 이는 천변에
백로가 서 있다.

서서히 물속을 걸어가는
하얀 두 발

자갈을 딛고
물속의 꼬리를 찾아
성큼성큼 내딛는 가느다란 발소리
둥근 원을 그린다.

물의 살을 끌고 가는
하얀 걸음

고요를 이끄는
아침의 미술관

거리에서 읽는 회화나무

운천중 사거리 앞
아스팔트 위로 노란 꽃물 흐른다.

키 큰 나무가 수놓은 꽃무덤 사이로
고증 없는 유물처럼 시간이 멈췄다.

궁궐 안 회화나무가
달력 안 그림처럼
도로와 아파트 단지 내에 유구하다.

왕가의 집안에서 나온 사람들은 아침부터 저녁까지
흩어지듯 황금길을 오고 가며
물웅덩이마다 생활인의 그림자 철벅인다.

떨어지는 줄도
핀 줄도 몰랐던 거리의 역사들

우러르다 숨을 멈추어

브레이크를 밟는다.

관계

한 세계와 작별한다.
이제 내가 그녀의 손을 놓아줄 차례

길고 낮게 깊어가는 첼로 현은 아픈 소리를 낸다.
끙끙 앓던 속울음 같아
목소리마저 마른 그녀의 얼굴을 닮았다.

섬서하던 우리의 시간이
무채색의 빛깔 조각으로 서걱거리는 오후

슬퍼할 노을 없이
맞이할 눈물 없이

초라했던 다정함이여
안녕이라고 말할게.

3부

조약돌

바람을 데려오는 빗줄기에
순식간 먹구름이 여울을 덮었다.

불어난 물줄기 사이로 조약돌 하나가
강물의 옆구리를 덥석 붙잡는다.

휩쓸며 에돌아 나가는 물길에 돌돌돌
가쁜 숨을 펄떡이는 어린 생명 하나

소용돌이가 잦아들 거란 걸
알고 있는 듯
물결을 헤아린다.

사랑

우리에게 사랑은
아직 태어나지 않은 세계

그땐 집을 새로 지어야지.

약속하듯 내일을 나중으로 미루고
당연한 듯 오늘치의 사랑을 한다.

지금 나중을 다짐한다는 건
우리가 사랑하고 있다는 증거

처음 내 방을 갖게 될 아이마냥 설레다가
이따금 토라지기도 하고
너는 왜 오지 않은 걱정을 하냐고 한다.

너와 나의 미래는
함께 보는 노을과 가지런한 저녁을 맞이할 수 있다는

당연하고도 가까운 후일

그러므로 나중이란 말은
맨 끝이 아닌 가장 가까운 시작

우리에게 사랑은
마침내 다가올 세계

가을하늘이 높은 이유

까마귀 여럿이
하늘을 가른다.

새까만 울음
떼로 지나는 가을

겨울

네가 떠난 집안에 난방을 튼다.
차가운 방을 위한 나만의 의식처럼
손바닥을 바닥에 대어본다.

내 몸에 돌던 너의 피가 흐르도록
네가 머물던 자리마다
채워지지 않는 온기를 켠다.

창을 다 닫아도
어디선가 냉기가 새어드는 것인지

습지의 속살이 드러난 마른 천변을 걷듯이
사방으로 사뿐히 내려앉는 적요

나의 이름

당신에게 이름으로 남고 싶어요.
　　　불리고 싶어요.
내 이름을 보고
　　　아, 너구나.라고 되뇌는

그래서 반갑고 약간은 설레는
　　　당신의 얼굴이고 싶어요.

당신을 둘러싼 어딘가에
　　　떠오르는 이름이 되는 일

당신의 삶 속에 깃들어
　　　사랑한 기억 지워져도

언제든 상냥한 애인처럼
　　　모르는 남남처럼

내게로 와 이제

편히 쉬어요.

산의 얼굴

비스듬한 얼굴로 턱을 괴고 앉은 산에게도
감정은 있어서

어떤 산은 뾰족하고
어떤 산은 구불구불하다.
한 뱃속에서 태어나도 제각각 다른 얼굴들처럼

먼 산에서 가까운 산까지
모든 산과 산은 형제들

산은 바위이고 때론
숲이 되기도 한다.

바위를 뚫고 자란 소나무에서 산의 정맥이 흘러
가파른 절벽마저 산으로 숨는다.

매일 하루를 오르내리는 사람들처럼

시시각각 미세하게 꿈틀거리는 얼굴

지구상에서 가장 오래된 미래로
거듭 태어난다.

아트스테이*

우리는 모두
바다를 품은 항해사

바다는
문장 안으로 유영한다.

차곡차곡 찍히는
서사의 흐름을 타고

낯선 길을 흐트러짐 없이
익숙하게 나아간다.

우리는 모두
파닥파닥
현재 진행형의 활자들

유연한 시작을

타이핑한다.

구릉을 넘나드는

화소를 이끌고

간간이 보이는 등대를 따라

부두에 다다를 때까지

친절한 무해를 수송한다.

* 울산남구 문화예술촌 레지던시 창작공간.

한밤의 손톱

밤에 손톱을 깎고 있으면
아버지는 화를 내곤 하셨다.
나는 버럭 소리를 듣고도 마저 깎곤 하였는데

지금도 어두운 시각에 손톱 발톱을 깎다 보면
아버지의 화내는 목소리가 들려온다.
조각조각 그리움이 툭 툭 날아다닌다.

이별의 말

새의 울음이 떨어진 곳에 앉아
당신의 발자국 소리를 듣는다.

뒤돌아선 입술에서
안녕을 말할 때

마른 가지 흔들리는
허공을 보았다.

마침표를 끌고 날아오른
새의 꽁지가 흐려지고

가슴엔 서늘한 느낌표가
질퍽하게 떨어진다.

그 짧은 찰나가
온전한 슬픔으로 박제된다.

장생포 언덕

떠나간 사람들 따라
문명도 져버린 외로운 마을

누가 씨를 날랐는지
발길 닿는 곳마다 푸성귀가 가득이다.

오래된 흙에서는
누구라도 보아달라고 봄나물이 쑥 쑥 오르고

발자국 소리 귀한 마을에
마닷비람이 손님을 맞이한다.

언덕 위로 펼쳐진 천지먼당에는
빼곡한 수풀 뒤로 잠수정 한 대

바다보다 더 가까운 하늘을 향해
날아오를 준비를 한다.

먼바다에 그어질

별을 그리면서.

고래 밖 세상

포경산업이 발달했던 장생포에 오래된 집들만 남았다.
헤엄치고 물고기 잡던 바다는 사람들 대신
석유화학단지를 마주하고 살아간다.

길가에 늘어선 고래고기 간판들
등이 휜 채로 창고가 되어 세월을 짐으로 채웠다.

세계 유일 고래박물관에서 볼 수 있는 건
훈련된 돌고래쇼

공해에 길들여진 사람들이
미끼에 길들여진 돌고래와
훈련에 길들여진 시간을 보낸다.

어항 밖 잿빛 도시엔
고래를 그린 사람들이 벽에 새겨진 채

정박된 어선 뒤로

바다 여객선을 띄운다.

신진여인숙

고래를 찾으러 떠나는 뱃사람처럼

떠나왔다.
마음속에 스며든 고래를 찾으러

바다에는 없는
고래

한 평짜리 방마다
고래가 숨 쉰다.

쉬지 않고 흐르는 밤바다 위로
가로등 불빛이 어긋난 박자를 맞춘다.

목적을 위해 띄엄띄엄 밝혀둔 전구들과
흔들림 따위 관심도 없는 바다가
흐-른- 다.

네모난 창 안에서

돌아갈 곳을 그리는 낯선 여행자들

고래를 따라왔다가

고래를 찾으러 떠나는

꿈의 지도,

신진 여인숙

항구목욕탕

찾는 이 없어도
꼬박꼬박 뜨거운 물, 차가운 물
전기세, 수도세 공지가 나오는
장생포의 유일한 목욕탕

장생포고래로 197번길 10

출항을 앞둔 선원들이 먼저 몸을 녹이고
돌아온 이들이 고단한 몸을 풀어가던 곳

사람들이 다녀간 빈 목욕탕 안에는
뱃고동 소리 남실거렸다.

　선원들은 돌아오지 않을 여정을 떠나고
　옥천사우나로 바뀐 이름에도 고지서는 목욕탕 앞으
로 날아왔다.
　목욕탕을 기억하는 손님보다

주소만이 더 오래 살아남았다.

기다리는 사람도 온다는 사람도 없지만
부산에서 올라온 사장님 집 주소는
물비린내 나는 항구목욕탕

한낮, 드넓은 먼지의 세계

머나먼 동굴을 찾아간 너는 외로운 방랑자처럼 휘파
람 소리를 낸다.

아무리 소리 없이 움직여도 빛에 포착되는 순간

우아함은 포기할 수밖에 없는 존재.

너의 뼈들은 사랑했던 순간들을 잘 기억해 두었다가

고음소리와 함께 깨어나곤 했다.

사랑 없이도 살 수 있는 날들이 많아질수록 몸은 구
석에서 커져갔다.

사방을 오로지 침묵으로 가라앉힐 유일한 나의 친구.

괴물처럼 커진 너는 끊임없는 멸망과 탄생 앞에 있다.

어제의 너는 다시 눈을 떠 나와 눈을 맞추곤 보란 듯
이 달아난다.

어디서든 너를 외면하고 살 수 없는 나는 돌아올 미
래가 없이 아무렇게나 옷을 벗어두고

너를 벗어날 수 없다는 걸 알면서도 가로막힌 길에
서 행인처럼 곁눈질한다.

너는 뻥 뚫린 대로 한복판에서 나를 따돌린다.

되돌아갈 수 없는 과거 속으로 켜켜이 쌓아온 겨울의 이마주.

툭, 건드려보는 순간.

나 역시 이 지구에서 먼지처럼 살아간다고 생각했지만 그건 아니었어.

미세를 포장한 너는 의외로 거대하거든.

먼지 같다는 말은 거짓이야.

지구에 가득한 너는 작은 바람에도 시한폭탄처럼 퍼져나가서

누군가의 폐에 재빨리 들어앉아.

아무 이유도 없이 파괴하는 바이러스 같아.

네가 없는 곳은 그 어디에도 없어.

아가야, 푹 자고 일어났니?

너의 그리움은 어느 별에 닿아 있을까.

반송된 편지는 사랑하는 사람들에겐 고통이지.

모든 까닭은 그립기 때문에 일어나.

그리움을 모른다는 건 얼마나 슬픈 일인지 아니?

햇빛에 마음까지 다 보일 것 같아.

사랑을 모르는 너와 얼굴을 마주하는 난 얼마나 먼지 같은지.

말끔히 치우고 닦아도 결국 우주의 어느 한쪽으로 잠시 밀어두는 일일 뿐.

고요찬가

존재하는 모든 것들은
고요가 본연의 모습

민들레에는 민들레의 고요가
노란 고요 하얀 고요 연두의 고요

연필에는 연필의 고요가
까만 고요 나무의 고요

장미에는 장미의 고요가
꽃잎 고요 가시의 고요

고요와 슬픔이 키운 자리
존재마다 시가 들어찬다.

삶은 아름다워

마지막이란 말은
먼 곳에서 불어오는 바람처럼 다가와.

못한 고백
못다 이룬 일들

모든 것들은 순식간 지나가.

다 가질 수 없어
아름다워.

다만 함께할 수 있어.
여긴 우리가 사랑하기에 아주 좋은 곳

받은 것들에
고맙다 할 수 있기를

행복한 순간들

그리워할 수 있기를

삶은 그 자리에서 흘러가.

지금 있는 그대로

어딘가로 우리를 이끌어.

사랑에 아파했던 눈물이

그리움에 숨은 목소리를 사계절 내내 흐르게 해.

돌의 출생

바다가 돌을 낳았다.
동그랗고 작은 새알 같은 돌이
파도 바깥으로 밀려들 듯 태어났다.

돌은 차가운 물의 손에 몸을 맡긴 채
소리 내어 우는 법을 배웠다.

햇빛에 일렁이는 잔물결 따라
달빛에 그렁대는 바다를 보며
조금씩 자신을 키웠다.

휘몰아치는 폭풍우가 떠나고
구름이 걷힌 날

고난을 이겨낸 돌은
단단한 얼굴로 내 앞에 밀려왔다.

4부

더듬는 사랑

내게 당신은 가을 햇살
삐죽삐죽 투덜대는 내게 인자한 그루터기

나는 당신의 넓은 손바닥 위로
엉덩이를 들이밀며 앉네.

내게 당신은 잎이 커다란 활엽수
부신 눈 감는 나를 쓰다듬고 가네.

나는 당신의 그늘 아래에서
바람을 스케치하며 허공을 수놓네.

나는 매일
포개진 사랑을 더듬으며 나를 펼치네.

당신에게서 새로 태어나는 나
세계의 언어를 공손하게 받드네.

덕산댁! 웃고만 사세
-조수형 선생, 홍영자 여사

갱운기 소리가 우째 저라까
시동이 안 걸링가꾸마
아따 오늘 밭에는 못 가긋는디

진짜로 고장 나브렀어?응? 어디가 고장 나부렀어?
어디가 고장났는지 내가 알겠는가? 내가 기술자가
아닌디
그럼 놔둬부러
안 쓰고 놔둔 게 인제 쓴 께.
그것도 안 쓰믄 그란가비네 이?
사람도 마찬가지여 일 안 하믄 못 해. 늙어.
어쩌까? 갱운기가 인자 일 고만 하자그라네요이
일 좀 할라니께 한번 고쳐봐야지
인자 사면 내가 얼마나 부려먹겠는가
인자 나이 먹은께 헤어지는 게 더 많아
연장 같은 것도 다 없어지고 사람도 갈 때가 닥치고
그랬단 말이오

덕산양반, 당신 갱운기 끌고 댕길 때 완전 걱정이었
는데 차라리 잘 되었소. 시원혀요.

나는 애가 타 죽겄는디 시원해이?

계절도 인생도 엊그제 봄이었던 것 같은데 벌써 겨
울이 왔네.

집에서는 막내딸이라고 귀여움 많이 받았는데 시집
와서 고생 많았네.

덕산양반! 나 와서 고생은 했어도 우리 새끼들 낳아
가지고 넷이나 다 잘 되고 있은께 좋소.

영감님도 나 데꼬 삼스로 고생 많이 했어.

덕산댁! 이제 웃고만 재밌게 사세.

동갑나기로 만나갖고 나도 막둥이 영감도 막둥이,
천상연분이다.

넘들은 다 혼자서 사는디 우린 둘이 사요.

같은 동갑이라서 한 사람이 아프면 또 한 사람이 아
프고 꼭 그렇더라고.

저 세상 갈 때도 앞서거니 뒤서거니 같이 가세.

그럼서 참말로 복이지라.

엄마의 표창장

시니어클럽에 등록해서
노인일자리로 아파트 청소를 하는 어머니
평생 그러하듯 연말이면 표창장을 받아오신다.

이제는 그만하실 때도 되었건만
고상한 취미 한번 갖지 못한 채
가만 놀면 병이 난다는 여든의 어머니

종종걸음으로 새벽 출근을 나갈 때마다
자다 깬 아이가 일 나가는 엄마를 보듯이
대문 앞 대추나무가 눈곱인사를 한다.

뚝 뚝 눈물 흘리듯 조그만 대추알들이
조롱조롱 매달렸다.

거뜬한 우주

아무리 멀리 간다 해도
결국엔
나거나 자란 곳으로 돌아가려 한다.

돌무더기 묵정밭을 일구어
무수한 돌들을 모으고
담장을 만드는 것이 나의 최후

크고 작은 돌, 낱낱의 돌들이 주는
충만한 사랑, 충만한 돌

돌을 바라보면
나도 돌이 되곤 한다.

수많은 돌 사이 가만히 앉은
작고 단단한 우주 하나
거뜬히 들어올린다.

겨울 메타세쿼이아

매서운 바람에
앙상한 가지가 흔들린다.

대신 울어줄 잎 하나 없이

비로소 혼자
스스로 울 줄 알게 되는 계절

푸석거리는 온몸으로 울음을 깨운다.

인생은

남의 일이라 여겨지던 수많은 일들이
차츰 나의 일로 하나씩 찾아든다.

존재와 부재의 흔적으로
순간들과 이별하며
흘려보내는 일을 반복하고 재생한다.

모든 사라지는 것들은
숨과 시간을 가져가는가.

눈부시게 푸르던 날도
캄캄한 암흑의 나날도
모두 거둬가는
얼굴 없는 바람처럼

너와 나 차차
잊히는 시간을 산다.

다 놓아버리고 싶은 날들도

버티다 보면 살아지는

매일이 피고 지는 꽃이다.

흰 민들레

시끄러운 세상 속에서
침묵하기

낮은 곳에서
서두르지 않기

햇빛에 활짝
두 팔 벌리기

두려움 없이
서 있기

어디로든
떠나가기

다른 빛깔들 속에서도
온전하기

한 잎 한 잎

잊지 못할 하얀 밤을 수놓기

달빛 머금은

노래를 부르기

사랑이 아니었다 해도

이별은 아니길

시월 이십일

시월은
바람에 베인 발음처럼
서늘함을 머금고 있는 말 같아서 좋아.
십월이 아니라 시월이라서 시적이야.

생일을 고요히 보내고
스산해진 밤거리를 혼자 걸었지.
세상은 혼자들의 세계니까

겨울맞이를 준비하는 나무들은
가로등 사이에서 길을 밝혀 주었어.
두 손을 모으고 키 큰 나무를 올려다보았지.

나무만큼 오래도록 나아가기를.

딸기케이크를 사서 초를 켜고
다시 못 올 나이를 기억해.

누구나 혼자는 아니지만

누구도 내 생을 대신할 수 없으니

혼자도 좋은 걸.

거룩하고 고요한 밤

내가 태어난 어느 해의 일요일 아침을 기억해.

신은,

예수님을 지나오고
계단을 올라 부처님을 지나간다.
산전수전 공중전을 다 겪었다는 할머니들 사이에서
좁은 길을 지나 젖은 숨을 삼킨다.

잊혀 지지 않을 것만 같던 날들도
물거품이 되어 허공 속으로 하염없이 사라진다.
결국은 추억도 바다 같아질 것을

깊은 밤 떠오르는 꿈을 놓아주며
기억에 없던 날들을 헤아린다.
아침이 밝아 와도 깨지 않을
파리 같은 목숨을 움켜잡고.

신은
언제 있었던가.

크리스마스에 포화소리 멈추었는지

지나간 발자국 선명한 탄피

세월은 흐른다지만 아쉬움보다 큰 총격소리

산다는 게 초를 다투는 죽음 사이라는 걸.

액자에 붙은 초파리 한 마리

사과 정물을 더듬으며

등을 보인 채 기도한다.

격언처럼 이어지고

나무는 통증을 느낄 때마다 중심이 짙어진다.
심재가 이룬 모양은 깊은 주름을 가진
노인의 얼굴을 닮았다.

옹이를 향한 길 따라
나무의 심장은 두터워진다.
껍질 안에서 다시 무른 살로 근육을 키우는 동안
나무가 느낀 고통은
한 겹의 실을 자아낼 수 있는 길이

고통이 지나면 노래가 남는다.
우즈베키스탄 격언에 있는 말이지.

고통은 지나가지만 아름다움은 남는다.
르누아르가 남긴 말이기도 하지.

고통- 함부로 누릴 수 없는 시간

다 지나고 나서야 뱉을 수 있는 말이다.

지독한 고통을 겪은 삶은 격언을 남기고
사람들의 입에서 노래로 이어졌다.

나무를 둘러싼 변재와 얼룩으로 단단해진 심재를 두
르고
견고해지는 나무의 거친 결

나무에 기대어 사는 원주민들이 도심 속에서 우러러
본다.

만경晚景

구름을 벗어난
저녁햇빛이 바다 위로 내려앉는다.

태안 바닷가 한 귀퉁이에 서서
식어가는 뜨거움을 바라보는 일이
한 생을 훌쩍 건너온 것만 같아 망망하다.

어두워진 뒤에야 열쇠를 잃어버린 걸 알고
해변을 다시 돌고 돌았지만

어디에도 보이시 않던 열쇠는
깊어가는 어둠 속으로 제 몸을 숨겼다.

바다와 만경 사이
흩어진 빛을 모으듯
모래알과 모래알 사이를 오갔다.

서로의 간격이 느슨해질수록

주문 같은 노래가

검은 바다의 목울대를 넘나든다.

어둠 속에서 찾아헤매던 열쇠는

밤바다 위 구석진 하늘 한 쪽을 꼭 쥐고 있다.

무화과나무

희미하게 밝아오는 빛

상처 없는 바람

어루만지는 볕

무성한 그늘

그윽한 안개

파르르 빗물

무엇으로도 비유할 수 없는
우주 하나

오롯이 완성된 사랑이어라.

나무와 바람

나뭇잎은 오로지 나무의 존재를
증명하기 위해 살아간다.

가냘픈 떨림은
생을 견디게 하고

살아있음을 증명하는
간절함만이 연둣빛을 틔운다.

우리는 바람에 흔들리는 나뭇잎을 보며
나무가 춤을 춘다고 말한다.

나무를 위해
목숨을 각오한 나뭇잎인 줄 모르고

온몸으로 외치는
울음인 줄 모르고.

울면서 부르는 돌림노래

골목 안에서 사람들이 멈췄다
아래로 내려가던 사람들과
위로 오르던 사람들이 꽉
위로 위로 아래로 아래로

막힌 길과
일제히 사라진 목소리들
수백의 외마디가 뼈 사이로 밀착되었다
단단한 근육이 청춘이 사랑이 웃음이 끼어버렸다
깡마른 영혼이 되어
눈물은 흔석 없이 사라졌다
수많은 사람들 사이에서
비명 속에서
어디에도 없는 당신을 부르다가
마지막 생은 좁은 한 귀퉁이에 비켜섰다

시월의 파티는 퇴색된 채로

은행잎 가로수 길에 무한반복 상영된다

해마다 돌아오는 무성영화 한 편이

울음만 흘러넘치는 골목 안에서 돌림노래로 울린다

사랑해 미안해 미안해 사랑해

보고 싶은 나와 너의

모든 아픔아

당신의 어깨에 입 맞출 때

행복이라는 말처럼
투명한 말이 있을까요.

나의 왼쪽 어깨에 내려앉은
입술 닮은 말 하나

사랑의 모양은 끈기 있는 형태로 말해요.
출렁이는 강물이
하염없는 윤슬을 빚어내듯 말이에요.

-당신을 사랑하는 이유는
사랑이 거기 있기 때문에.

'정말'이라는 말과
'절망'이라는 말은
얼마나 깊은가요.

내가 당신을 사랑하는 이유

단지 지금,

사랑이 거기 있기 때문.

가볍고 맑은 말 하나

당신의 어깨에 입을 맞춥니다.

당신과 나

당신의 당신은
내가 모르는 사이 오아시스에 닿아 목을 축이고

나의 나는
당신이 없는 사막에서 허물어진 모래성에 문을 달아요.

끝없이 내달리는 바람이 거친 날갯짓을 합니다.
알갱이들 속으로 빨려 들어가는 나는
돌아올 그림자를 기다리며 문을 바라봅니다.

불같은 태양이 잠들고
목마른 저녁바람이 모래행성 사이를 훑으며
이지러진 달의 무릎 위를 내달립니다.

멀리 간 그림자가 발자국을 돌리며 달빛을 이고
푹 푹 어둠 속으로 빠집니다.

모래와 모래 사이

그 수많은 빈틈만큼의

당신과 나 사이

권지영

부산에서 태어나고 울산에서 자랐습니다.
경희대학교에서 현대문학과 한국문화, 한국어교육을
공부했습니다.
2015년에 〈리토피아〉로 등단하고 수원문학상, 올해
의 젊은작가상, 황순원디카시최우수상, 동서문학과
경기옛길콘텐츠공모에서 동화로 우수상, 아동문예문
학상, 경기문화재단 창작지원 등을 받았습니다.
그동안『붉은 재즈가 퍼지는 시간』『누군가 두고 간
슬픔』『푸른 잎 그늘』『아름다워서 슬픈 말들』『너에
게 하고픈 말』『글쓰기의 즐거움』『천 개의 생각 만
개의 마음; 그리고 당신』『재주 많은 내 친구』『방귀
차가 달려간다』『달보드레한 맛이 입 안 가득』『팔랑
팔랑 코끼리』『올랑올랑한 내 마음』『세상에서 가장
소중한 너에게』『전설의 달떡』『노란 나비를 따라』
『봄』『여름』『가을』『겨울』『비밀의 숲』등을 썼습
니다.
adami2@naver.com